글벗시선132 이정희 시인 두 번째 시집(개정판)

문인들의 밥솥(2)

이정희 지음

도서출판 글벗

문인들의 밥솥(2)

이정희 시집

개정판을 내면서

두 번째 시집 개정판을 내게 되어 감사합니다.

나의 마음을 글로써 표현할 수 있다면 '나는 나에게 가장 순수한 시인이 되자'라는 마음으로 약속하면서 창작을 시작했습니다. 처음에도 지금도 변함없이 한 글자 한 글자 진심을 다해 적어 보았습니다. 첫째는 거짓 없는 진실한 시를 쓰고자 노력했습니다. 둘째는 모든 사물의 모습을 글로 표현할 수 있다는 생각으로 열심히 적었습니다.

정말 못 배우고 무지한 제가 글을 쓰는 것은 하늘의 축복입니다. 다시 한번 이렇게 쓸 수 있는 지혜를 주신 하나님께 감사를 드립니다.

부족하고 미흡해도 읽는 분들의 마음의 위로와 행복과 공감대를 이룰 수 있길 바라며 나에게 다가오는 시간들도 겸손과 사랑으로 많이 배우겠습니다.

황혼에 석양빛처럼 찾아온 하늘빛 힘찬 날개를 주신 은혜에 더욱 열심을 다하겠습니다.

2021년 4월

차 례

제2부 새벽 문안

제3부 단풍잎 편지

제4부 믿음의 향

제5부 영원한 감사

■ 서평

제1부

처음 가는 길

허상

삼베 적삼 무명옷 속에
땀만 배여 있남
그 옷 속에 진솔도 있네

비단옷 명품 가방
꼿꼿한 사람
그 마음속엔 무엇이

세상 공부 많이 해도
진솔함이 없으면 명품 백
명품 옷 허상일세

때론 무식이 유식보다
더 훌륭하고 넉넉함이 있네

처음 가는 길

앞서가는 선배들 배웅
일을 다 한 후 툭툭 털고
미련 없이 떠나가는
선배도 있고

겁이 많아
몇 번씩 가보고 가는
선배도 있네

배웅하며 배우는 길
언젠가 나도 가야 하는 길

처음 길 두렵지만 가볍게
등 돌리고 떠나야 하는 길
처음 가는 길

인동초

담 뒤에 넝쿨 인동초
기린처럼 목이 긴 꽃
길가는 사람들 궁금했나 봐
담 넘어 손을 뻗어 본다
꽃으로 유혹해 본다
알록달록 예쁜 꽃
누구를 손잡아 주려고 담 넘어
내민 손 얼굴도 방실방실
밤새도록 속삭이는 이웃
해바라기 백일홍 용담초
오늘도 이웃들과 많은 얘기
분꽃이 까만 통에 담은
흰 분가루 나누며 같이
얘기하네
기린 목 인동초

들꽃

아무도 찾지 않는 들꽃
차라리 관심 없을 때
편안했던 들꽃
관심 두니 내 마음대로
살 수 없네
내가 피고 싶은 데서
그냥 피고 싶네
관심과 함께 난
이사를 했네
들꽃

태풍 너도 파냐

태풍 타파가 왔다
비랑 동행해서
타파 우파 좌파 파는
무슨 파든 몸서리 처진다
옛날부터 당파싸움에
우리나라는 피비린내
왜?
태풍 너마저 타파냐
싫다. 파는 너도 파냐

예쁜 날

비가 오네요
행복을 담뿍 담아서
비가 오네요
예쁜 비가 오네요
사랑을 담뿍 담아서
꽃님이도 풀님이도
행복해 하네요
고운 날 행복한 날
마음 부자 된 날
꽃님이 풀님이 방긋방긋
모두 웃는 날 기쁜 날
예쁜 날

예쁜 세상

그냥 고와라, 예뻐라
예쁜 세상
우리 아버지 만드신 세상
아이 좋아라
오래 머물고픈 세상 예뻐라
머물고픈 욕심
탐내지 말자
주는 대로 받자 나의 수명
예쁘다고 함부로 손대지 말자
예쁘면 예쁜 대로 잘 가꾸자
아름답고 예쁜 세상 되게
세련미 넘치는 예쁜이들

불러주네

밖을 보니 모두 날
불러주네
해를 바라보던 해바라기도
나무들도 모든 풀잎
꽃잎들 춤을 추며 놀자네
태풍이 오니까
날 모두 불러주네
그래 춤추다 허리 다칠라
내가 끈으로 잡아줄게
모두모두 날 반기네
나를 불러주네

발자국 소리

비가 오네요
태풍이 온다네요
태풍이와 가을비가
이 가을도 빨리 데리고 가려나
오늘도 까만 밤 지새우겠네
그대의 추적이는 발자국 소리
하얀 밤 까만 밤 날밤
뒷밭 송이 밤
추적대는 밤이 되겠네
님의 추적이는 발자국 소리

필요

어젯밤
대화방 미안해
오늘 아침 위로차
많은 대화한 사람의 위로 때문에
여러 사람 불편한 점
무안했네
글을 꽤 쓰면서
배려를 못 알아보네
무언의 배려도 한 번쯤
초보를 키우기 위해 참지
초보가 무안해
글 쓰는 걸 잊었네
무언이 필요했네

축복

하늘아 우리 모두에게
아름다운 축복을 주셨네
계절이라는 절을 주셔서
골고루 만끽할 수 있도록
축복하셨네
감사합니다. 하나님

풍요로운 계절을 주심
나눔의 계절을 주심
단풍도 웃음도 행복도
모두 모두 나눌 수 있는
마음을 사랑하는 마음을
축복으로 채워주심
감사합니다
오늘의 축복

믿음, 소망, 사랑

어떻게 없는 믿음
어쩌나 부족한 사랑
기막혀 욕심 많은 소망
아버지 날 붙잡아 주소서
이 세 가지 모두 넉넉하게 주소서
마음속 깊은 곳에
풍족하게 숨겨주소서
마음대로 꺼내 쓸 수 있게
비상금 같은 풍족하게
꺼내 써도 써도 샘물같이
마음껏 퍼낼 수 있게 주소서
믿음, 소망, 사랑

인도

나의 갈길 다 가도록
예수 인도하시니
어려운 일 당할 때도
족한 은혜 주시네

오늘도 임이
인도하는 대로 가리이다
혼자서 무슨 힘이 무엇을
인도자가 없으면 낭떠러지
앞으로만 갈 것입니다
옆길로 인도해도
그곳에 길이 있고 나에게
행운이 있기에 가려 합니다
인도자의 길을 갑니다

감사(1)

초롱초롱 빛나는 저 별
누구의 것일까?
임은 아시겠지요
먼 하늘 욕심내지 말자
이곳에서 보이는 건 모두
뜬구름인걸
별도 달도 모두 보는 것도
미안하여라
공기도 바람도 모든 것에
그냥 감사하자
잠시 머물다 가는 인생
깨끗하게 쓰다 잘 두고 가야지
그냥 감사하며 살자
감사가 복된 날
오늘이 나에게 가장 복된 날
오늘 없이 내일도 없는 날
감히 내일은 생각 말자
오늘로 만족하며 복된 날
나의 날로 만들 것이다

내일을 주시면 감사하는 날
복의 복된 날
복은 각자가 만들어 내는 것
복된 날

사랑

사랑 정말 좋은 단어
사랑이란 놈은
칭찬을 많이 하면
행복이란 자식을 많이 낳는다네
삭막한 요즈음
사랑이란 놈을 칭찬 많이 해서
양계장 달걀을 낳듯이
행복이를 많이 많이
낳게 하면 좋을 것 같네
무엇이든 좋은 건 많은 것이
행복 다산 좋은 말
사랑 이쁜 단어

단풍 구경

울긋불긋 예쁜 잎
단풍잎 도시락 친구들
그들도 나도 모두 단풍
겨울준비 한창인 나무들
우리들도 입은 옷 단풍
얼굴은 모두들 함박웃음
눈 내린 겨울에도
너희들 찾아올 때
날 반겨주라고 당부하고
오는 길
이런 구경 언제까지 이어질까
단풍 구경

바깥세상

환한 문밖
텅 빈 가슴 안고 겨우
바깥세상을 본다
떠났다 모두가
먼 산 하늘
밤이 되면 하늘은
별님이 친구들을 많이 모으겠지
텅 빈 가슴 안고 바깥세상
밤에도 보겠지
빛나는 별 동무랑 대화
바깥세상

수수께끼

오늘도 풀어보며 생각한다
수수께끼 같은 인생
스무고개 같은 삶
고개고개 넘을 때마다
답은 없는데
그래도 풀어야 하는
수수께끼 답은 행복이겠지
오늘도 그 답 맞추려고
웃으며 풀어보네
삶의 수수께끼

제2부

새벽 문안

욕심

삶의 정답 찾았는데
그놈의 욕심 때문에
오늘도 허덕인다
행복이란 답을 찾았는데
이만하면 행복한데
끝도 없는 욕심
현실이 행복인데
배불뚝이 욕심

대롱이

실 끝에 잡은 손 대롱이
긴~ 실 끝을 잡고 있는
대롱이
긴 실은 다른 사람들 것
두고 가야 할 이곳이기에
길가에 핀 민들레 꽃잎
한 잎 따기도 아까운 세상
곱게 두고 갈 세상 난~
끝을 잡는다
대롱이

사람 소리에

소리가 들린다
향냄새가 난다
그래 향수가 없어도
소리에 향이 있었네
난~
무슨 향기, 무슨 소리일까
온기가 있네
추운 겨울 따뜻한 온기
소리에서
난~
허접스러운
소리와 온도 마음의 꽃
사람 소리

감사(2)

감사한 날
부족한 나
칭찬받는 날
감사한 날
내 눈에서
단비가 흘러내리네
장점을 말하는 자는
적이라 했고
단점을 말하는 자는
스승이라 했건만
귀가 좋은 소리
좋아하네요
아이구
그래도 칭찬
기분 좋은 날이네요
감사한 날

극장

차디찬 겨울 극장 안
홀로 순정영화 보고 울고
순정만화 보고 울고
이젠 다 흘렸나 눈물
메마른 눈물과 울음
우리는 극장 안
영화 한 편 잘 찍고
마침표도 잘 찍고
나의 순정영화
보고 울어주는 이들
따뜻한 극장 안이 되었음
나의 긴 영화 보고 웃어주었음
나는 웃으며 가는데
극장

해외 구경

싱가포르
깨끗하고 좋은 나라
인심이 별로
난~
우리나라 대한민국
아름다운 나라

서유럽 동유럽
글쎄~
사계절 또렷한 곳곳마다
아름다운 사연 많은 곳
우리나라 대한민국

물 맑고 공기 좋은
나의 조국 대한민국
인심 좋은 대한민국
삼면이 바다
아름다운 나라 대한민국
최고~

출렁다리

어머나
외마디 소리 출렁출렁
출렁다리 어지러움
밑은 낭떠러지
남들은 흔들흔들 재미있게
잘도 가네
겁쟁이 난 차라리
바바리 걸치고 산책이나 할걸
아직도 내 갈 길
이렇게 출렁일까
천 길 낭떠러지
날개옷 생각나네
이젠 석양인데 친구 손 잡고
건너왔네. 출렁다리
휴~

새벽 문안

안녕하세요? 하나님
지난밤 단잠을 주시고
새벽 축복의 대화
감사합니다
오늘도 부족한 저와 함께
동행해 주십사 부탁드립니다
갈팡질팡 걸음 길 인도하소서
오늘도 믿고 그냥 가리이다
새벽 문안, 받아주소서

엄마닭 태교

암탉이 계란을 품었다
매일 굴리며 꼬꼭 꼴~
태교 열다섯 마리
두 마리 엄마 닭
한 마리는 열세 마리
뒤섞여 모이 쪼아 먹든 병아리

숨어라. 모두 숨었다
조금 후 나와라
신호 받고 나온 병아리
각자 자기 엄마 찾아
열세 마리 열다섯 마리
어떻게 알까?
엄마 닭이 달걀 굴릴 때
자꾸만 부어라. 중얼거릴 때
엄마 소리 태교였나
엄마 닭들의 태교
짐승들도 태교 교육을 한다
태교

웃음

많이 웃고 가자
좋아도 웃고 슬퍼도 웃자
남들은 정신 나간 사람이라 하겠지
그래도 많이 웃고 가자
어차피 이 세상은 두고 갈걸
갈 때까지 웃어보자
웃다 보면, 행복해지겠지
즐거운 웃음으로
웃음 속엔
많은 것들이 있을 것이다
웃음

구월이와 이별

친구였던 우리
어느 사이 헤어질 때가
몇 번의 이별
견우직녀 된 우리
무척 다정했던 친구
질투했던 태풍이도 만났고
찌는 듯 무더위 고단함
잠재워 주던 친구 이제
시월이 만나러 가네
그래도 아쉬움 남아
구월이 문턱 넘기 전
아쉬워 다시 한번
기어코 보내려나
말없이 손짓하네
시월이 만나서
단풍 놀이 하려네
구월이 친구야
오늘 밤 자정이면 나는 가네
졸지 말고 배웅하게
친구 구월아

진솔한 믿음

주님, 주님이 쓰신 가시관은
가끔 저의 양심의 관이 되어
이 심장을 한 번씩 찔러
진솔한 믿음의 변화를 주네요
옆구리에 찔린 그 피 흘린 연장은
양옆 함부로 돌아보지 못하게
꽂아 놓은 것이라 생각을 하니
양손과 양발은 그 손으로 나쁜 데
사용을 못 하게 하는 못이요
그 발의 못은 헛된 걸음 못하게 하신
주님의 피 흘림의 연장이려니
그 모든 자국 자국이 저희를 단단히 박혀서
헛된 길 헛된 걸음 못 가게
사랑의 찔림 생각하면
저의 두 눈에 사랑의 피눈물 됩니다.
바로 서고 바로 가고 머리에는 항상 좋은 생각으로
가슴은 뜨거운 믿음으로
양옆 돌아보지 않고 앞만 보고 가게 하소서
진솔한 마음 생각이 좋으면
그대로 행할 수 있는 믿음 주소서
늘 깨달음 주소서 감사합니다. 아멘

시집간 딸 글이

오늘도 골똘히
결혼시킨 딸 생각
글이
글이 데려갈 때
집을 구입해도 된다고
글이 시집을
예쁜 사랑 받길 원하네
글이 생각
글이 집 문패
시집간 딸 글이

빠지다

풍덩
추억 속으로
소리 없는 울림
세월없는 기다림

보고 싶은 그대
상사화 되어
그래도 웃으며
맑은 하늘 위
자연 속으로
빠지다

연정

모두 잎과 함께
사이좋게 가건만
너는 어이 너 혼자
손을 내밀며 섰느냐

무지개 손잡으려
웃으며 섰느냐?

잡아줄 손이 없네
외로운 상사화야
저녁노을 빛 되어
오늘도 붉게 피맺힌
연정

발자국 소리

오늘도 조용조용
걷는 길
누가 뒤따라 오는 소리
달그림자 위
발자국 소리
무서워 빨리 걸어도
빠른 걸음 발자국 소리
뒤돌아보아도
아무도 없는데
발자국 소리
달님의 별님의
발자국 소릴까
발자국 소리
저 달은 내 마음 알까
지금 떨고 있는 내 마음
발자국 소리

길

혼자 서서 본다
아무도 없는 외길
눈을 닦고 보아도
아무도 없는 외길
아~
나 혼자 가야 할 외로운
인생 외길
다시 한번 바라본다
홀로 서는 외길
저~
길 끝에는 누가 섰을까
무엇이 기다릴까

건강

모두 건강을 위하여
걷기 운동
나도 걸어본다
빠른 걸음 숨 차
늦은 걸음 허리 아파
탈도 많고 말도 많은 세상
종일 혼자 이렇게
아름다운 세상
좀 더 버티려고
늙고 병들면
그 누가 반기랴
땀 흘리며 건강 운동
건강

예당호

늙은 가을 하늘
깊고 넓은 예당호
출렁다리
수많은 인파
은빛 물결
아~
지나온 고뇌의 인생들
그림자 되어
상사화 천지에
잎을 보려 꽃을 보려
서로의 모습은 없건만
만나려는 엇박자
그대
무지개 꽃밭
담장이 소나무 줄타기
밤이 되면 호수의 울음
하염없이 기다림
예당호

오줌싸개

오줌싸개
옆집 복동이
얼레리 꼴레리
키 덮어쓴 오줌싸개
복동이
부지깽이로
혼이 난
키 덮어쓴 소금 꾸러 간
복동이
오줌싸개

제3부

단풍잎 편지

기다림

약속은 몇 시에
시계탑 위에 기다림
혼자 서서 외롭게

석양빛
시계는 졸고

외로운 기다림
오늘도 보이지 않는
그대
시계탑 옆 상사화

문인들의 밥솥

우리는 문학이란 커다란
가마 밥솥에 각자 글씨라는
쌀농사로 밥을 지어
연필 주걱으로 모두 모여
비빔밥 만들어
서로들 꿀맛 같은 밥맛 보며
반찬은 각자 준비
재미 맛나게 먹여주며
행복한 날들로
웃음꽃 피우리라
용서하며 사랑하며 모두
보듬어 주길 원하네
항상 이 밥솥은 밥이 없어지는 날 없이
소복소복하여 배고픈 이 없는
세상 풍년의 밥솥
행복한 밥솥, 문인들의 밥솥

파

좌파도
우파도 양파 같은 파
모두 못 믿을 파

우리 집 대파가 제일

길모퉁이

사계절 모두 꽃 피는 달
가을 자기들의 물 드린 잎새
힘껏 흔들어 뿌리 덮기
혹한 풍 갈무리

하얀 백설기 떡시루
1년 수고의 겨울 잔치
목마름 가볍게 머금고
하얀 백설기 떡 설화

한 움큼 눈싸움이 한창
인구 부족 눈사람 세운 날
사람 부족한 줄 알았을까
닳고 닳아 없어질 노인들
녹고 녹아 사라질 눈사람

눈사람이나 우리는
모두 없어질 사람들
꽃 피고 잎 몇 번 피고 나면
모두 가버릴 그 길
바라보는 인생길
사계절 길모퉁이 서서

잡아주소서

눈 뜨며 감사 오늘을 주신
하나님~
일심동체 하나님
오늘도 제 손 꼭 잡아주시고

다른 길 갈 때 당겨서 가르쳐 주소서
꽃길 같아도 가시덤불
죽음의 길이라고 이끌어주시길
이 새벽 첫 시간 님을 만나

종일 속닥거리며 걷게 하소서
주님도 임이여 하나님도
임이요 임이여 임께서 항상
검은 손 놓지 마소서
잡아주소서

단풍잎 편지

가을이 편지
만나자 이별을 고하네
숫자도 세어볼 시간 없이
가을비가 촉촉이 내리네
금박댕기 풀고
고운 옷 벗어 구경하라 하고서
떠나는 가을이 벗어둔 옷 구경하다
잘 가란 인사도 못하고
보내버렸네
떠나간 가을이 못내 아쉬워
이~ 늦은 가을 마지막
가을이 옷 구경 또 왔네
내년 가을에 만나자는
단풍잎 편지 한 장

소원

새벽부터 태양이 넘어갈 때까지
씨 뿌려 김을 매고, 거름을 주어 공들이다
오늘도 하늘 보며, 비 내리고, 햇빛 쬐며
하늘이여, 하늘이여 우리 농사 잘 길러
오곡백과 잘 영글어 농민들의
주름살 퍼지게 하소서
농민들의 소원을 풀어주소서
눈물 흘려 기도하는 농민의 마음

아침부터 온종일 자녀들의 잔소리
내 자식 잘 길러서 타인에게 피해 없이
바른길, 잘 가라고 교훈의 잔소리
부모 마음 자식들이 알아줄 날 기다리며
자식 농사 잘 길러서 행복하길 바라며
오늘도 하늘이여, 하늘이여
우리 자식, 잘 되게 하소서
기도하며 소원하는 부모 마음 들으소서
눈물 흘려 기도하네

가을

가을은 복 받는 계절
복 받는 계절 가을이라네
풍성한 계절, 행복한 계절
웃음의 계절, 나눔의 계절
물감 없이 붓도 없이
아름다운 세상을 그리는 계절
하늘이며, 땅이며 온 세상을
울긋불긋 자연을 색칠하는 계절
이 마음도 아름답게 행복하게
물들여주는 계절, 가을

낮과 밤, 태양과 달

태양은 낮을 낳고
낮은 양력을 낳고
달은 밤을 낳고
밤은 음력을 낳고
밤과 낮은 서로 다르지만
사이좋게 공전하면서
세월이란 날을 잘 엮어가고 있다

세월은 계절을 낳고
계절은 시간을 잘 지키며
우리가 살아있는 지구를
움직여서 매일 부지런히 잘도 간다
우리도 서로서로 도와가며
행복한 날을 채우며
오늘도 잘도 간다
행복한 하루를

꽃 피는 봄

산천초목 다시 살아나는 봄
개나리 진달래 모두 하늘 보고 방긋
힘없이 고개 숙인 할미꽃
이렇게 예쁜 꽃 가엾기도 하지

머지않아 먼 산 뻐꾸기 울음소리
왠지 나도 서러워지겠지
그래서 나는 뻐꾸기 노랫소리로 바꾸며
나는 행복해지리라 믿으며 혼자 웃는다

오늘도 행복한 발걸음 옮기며
꽃도 보고 잎도 보며
즐겁게 흥얼거리며 꽃 피는 봄마중 간다

공연

가을바람이 공연을 열었다
벼 이삭이 사그락사그락
갈대가 사각사각
바람 음악에 노래 부르고

그 노래 속에 코스모스 흔들흔들
고추잠자리 하늘하늘 팔랑팔랑
춤을 추는 행복의 공연
자연은 물감으로 그림을 그리며
온 들판 산천을 색칠하네

드높은 하늘과 땅 사이에
공기는 세상을 정화하고
가을은 아름다운 공연을 하네
그 속에서 내 마음도 공연하네

계절이란 임과 함께
춤을 추었네
즐겁고, 기쁘게, 행복하게
공연하네

달님과 해님이

달님이는 어느 날 바다가 그리워서
갑자기 바다를 찾아갔다
바다야, 바다야, 내가 왔어
나, 달이야 보고파서 왔어
바다는 달님의 그림자와 빛을 보고
반가워 울었다. 둘은 포옹하며
바다를 온통 휘저으며 파도를 쳤다

그래서 밤을 알리는 달님은
바다를 사랑하여 음력을 낳았다
음력이는 날마다 달을 닮아서
바다와 함께 행복한 날을 보내며
지금까지 잘살고 있다

반대 해님이는 지구를 사랑했다
지구는 해님이를 만나서
양력이를 낳아서 날마다 날마다
행복한 날을 보내며
양력과 영원토록 셋이서 함께 갈 것이다
해님과 달님이는 낮과 밤의 제왕이지만
서로 공전하며 양력이와 음력이를
잘 이끌어내며 갈 것이다
서로 사랑하며 행복하게

맘에 새김의 달

1년 중 오월과 시월은 바쁜 달
어린이날 어버이날 스승의 날
가정의 날
사월은 한 달 내
그중 국군의 날 개천절 한글날
모두 의미가 있는 날

어버이날 가슴 저리는 날
어릴 때 카네이션 생김새
모르고 지나친 날
어버이 된 후
꽃 한 송이 가슴에 붙네
모두 무심한 세월의 길 걷고

이 가슴 정성들은 꽃 한 송이
이젠 한두 가지 더 봉투와
케이크 음악과 함께 손뼉
수많은 행사의 달
가슴 저리는 날
마음에 새겨야 하는 달

백담사

이 모퉁이 저 모퉁이 돌아 돌아
셔틀버스 덜컹덜컹 한참을 돌아
마주치는 버스랑 기다려서 교차하며
백담사 도착했네

도인된 마음으로 기다림이 무엇인지
서로를 위하는 마음
행복한 마음으로 정성 다해 쌓은
계곡에 돌탑을 보며

인적 드문 백담사지만
어느 날 커다란 골 용포 입은
용이 그곳에 내려와 용의 세계 잊은 채
도 닦고 떠난 후

많은 인파에 몰려 유명해진 백담사
사방팔방 둘러싸인 산허리는
물들어있고 우리들 반겨주네
떠나오며 기다림이란
내 마음 정리하며
용 이름 전두환 용의 배필 이순자
때가 되어 용의 허물 벗고
인간이 되어 떠났네

지나간 밤

도둑눈이 새하얗게
잔디밭을 덮어 버렸네요
예쁜 도둑 눈 아름다운 흰 눈
이제는 내 마음도 빨리빨리
눈처럼 깨끗해졌으면 좋겠네

이제는 얼마 남지 않은 이 세상
죄짓지 않고 깨끗한 마음으로
하나님 곁에 가야 하니까
내 마음 도둑눈처럼 깨끗이
씻겼으면 좋겠네

하늘을 바라보며 송이송이
눈꽃 송이 뭉게뭉게 흰 구름
모두 모두 예쁜 세상
하나님이 지은 세상
깨끗하게 정화해 놓고
가야 할 세상
도둑눈처럼

내장산

내장산 산허리 휘감아 올라와 보니
바람인 임이 나의 허리 휘감고 지나가네

높은 하늘 구름 보고
산야를 돌아보니
울긋불긋 아람다운 신의 솜씨

내장산 이름 그대로
나의 몸속 내장도 아름다우리

구름 한 점 없는 맑은 하늘
이내 마음 맑고 깨끗하여
하늘을 닮아가고

형형색색 아름다운
고운 자태 자연을 본받아
이내 마음도 아름다우리

우리들의 즐거운 행복의 길
만들어 가리라
잘 있거라 임이여 내장산아

갈대

갈대 보고 사람들은 말합니다
마음 약한 여자들이라고
그러나 말없이 뿌리 박고 기다리지만
소리 없이 바람이 와 흔들며 가자네

바람 보고 갈려거든 혼자 가라
싫다고 고개 저으며 흔드는
갈대 보고 떠나는 차디찬 바람
갈대의 마음은 여자라고

남자의 마음은 바람이더라
떠나는 마음 안간힘 다하여
잡아보지만 바람은 다른 곳으로
또다시 휘저으며 떠나가네

잘 가라 손 흔들며 배웅하는 갈대
잠시 와서 흔들어 놓고 떠나는 바람
갈대가 말해네 행복하라고
갈팡질팡 흔들며 떠나가는 바람
갈대가 여자면 남자는 바람이어라

시인의 때

시어머님 살아계실 때
시인이 되지?
막내 시누이 어머님 생각에
때가 있더라 때가 되니 이렇게
어머님이 날 우리 집 변호사라
꾸러기 시동생 합의 보고 다녔으니

세월이 약이 되고
세월이 모든 길이 되니
시인의 길도 때가 있더라
그렇게 쓰고 싶고 가고팠던 길

이제야 찾아서 가는 길
정신 차려 오다 보니
어느 날 시인이 되고
여러 가지 모두 다 시간이
약이 되어 이제야 시인 되었네

그래도 늦게 만나 모두 글친구
이제부터 행복의 길 가련다
못 쓴 글이라도
글과 함께 친구가 되련다
같이 가련다

아카시아꽃

가시 많은 아카시아꽃이건만
꿀도 주고 옛날엔 땔감도 주었는데
사람인 나는 꿀을 줄까 꽃을 줄까
땔감을 줄까 향기를 줄까

누구에게 무엇으로 주고 가나
아무리 생각해도 줄 것이 없네
많은 사람들에게 사랑을 주려고 해도
보이지 않는 가시가 있어서
가끔 남을 찌르기도 하니
나는 아카시아 꽃만도 못하네

아카시아 꽃향기는 또 얼마나 좋은가
멀리 있는 벌들도 향기로 불러 모아
꿀도 나눠주고 벌과도 많은 대화도 하며
또한 벌들은 사람에게 꿀을 나누어주는데
사람이 나는 무엇인가
무엇을 주고 갈까

사랑도 마르고 인정도 메마른 나
그래도 찾아보자
나누어 주고 가야 할 것이 무엇인지

제4부

믿음의 향

마중

우리는 늘 마중하며 살아간다
행복을 마중하며 아침을 마중하며
또한 저녁을 마중하며
쉼 없이 마중을 간다

낮을 마중하면 밤을 마중하고
꽃 마중 달마중 일 마중 월 마중
연 마중 나의 인생은 마중하며
살다가 마중으로 끝날 것이다

그 가운데 우리는 예수님을
마중하면서 잘 지키며
이 위험한 세상 헛된 마중하지 말며
기다리는 예수님 마중하며 살아가자

마중 중에 원하는 마중도 있고
원하지 않는 마중도 있을 것이다
그때그때 맞이하는 마중을
기름 준비한 다섯 처녀처럼 슬기롭게
잘 맞이하는 마중 준비하며 살아가자

천사의 날개옷

영혼의 은혜 속 바다 깊은 곳 헤엄쳐보며
오늘도 허우적허우적 두 팔 벌려 헤엄친다
이제 조그만 더 깊은 곳까지 닿아보자
그리고 빨리 은혜의 강으로 나와 보리라

그리고 곧 허물을 벗고 세상 밖으로
다시 춤을 추며 걸어보고 뛰어보고
아름다웠던 나의 옷 벗어 던지고
새로운 날개옷 입어보리라

하늘을 열고 날아보리라
땅 위의 옷과 허물이었든 집
던져버리고 예쁜 날갯짓으로
그리던 그 문을 열고 들어가리라

추억의 봄

봄이 오면 들에 냉이 뜯어 국 끓여 먹고
한참 있으면 쑥 나물 나오고 쑥 뜯어
국 끓이던 생각나네

이제는 뜯어서 국을 끓여도 그때
그 맛이 없고 떡을 해도 그 맛이 없네
나이 탓일까, 입맛 탓일까

이젠 들과 산에 봄나물 추억만 있네
오늘은 추억의 맛이라도 새겨 보려고
오랜 세월을 들쳐 보았네
꽃 피고 잎 피는 봄 냄새 맡으며

한 장 한 장 들쳐 보는 봄의 향연의 추억
봄 나물국 먹는 것보다 더 맛있는 추억
한잎 두잎 뜯어보며 행복했던
추억 나물 잘 먹었구나, 봄 행복한 날

알곡 같은 사람

곡식은 해마다 익어가지만
사람은 매일매일 여물어지네
올가을에도
나는 여울어 간다
세월 속에 수많은 풍파 속
오늘도 여물어지는 사람
곡식들의 추수는 사람들이 하지만
사람들의 추수는 하는 이가
따로 있네
우리를 세우고 여물꾼 주인이
때가 되면 추수하러 오시네
부지런히 쭉정이가
되지 말고 알곡처럼
얼굴이 주인이 기뻐하게
알곡 같은 사람 되자

유월의 마지막 날

유월 아름답게
계절마다 피어나는 꽃들
꽃들은 제각기 할 일에 충실하여
열매를 맺고 온 산천과 들은
녹색으로 치장을 하네요

나의 절친한 모든 분들과
반년을 보내고
무더운 칠월을 맞이할
준비를 끝냈으리라 믿고

나도 6개월을
멋도 맛도 모르며 삼키려 하네요
그래도 마지막 유월 이날은
나의 생애 다시는 돌아오지 않을
맛있고 멋있는 후회 없는 날
만들려고 합니다

나의 절친한 분들도 좋은 날 되시고
행복한 칠월을 맞이하세요

쉬는 날

하늘의 태양이를 쉬게 한 날
햇빛을 지구에 비추느라 힘들었나
구름 이불 펴 주며 단잠
그래도 태양이는 이불 속
여전히 걸음을 멈추지 않고
열두 시에 왔다네
잠자는 태양이를 깨우려고
지구가 힘껏 돌고 돌아
이 시간까지 왔나

어쨌든 낮 열두 시
구름 이불 덮고
일어날 생각은 없나 보다
고단한 태양이 쉬는 날
산천초목 예쁘게
할 일이 너무 많다

태양이를 깨우든지
구름이 물을 주라 했음
답답한 지구는 오늘도
하늘만 쳐다보네
오늘 태양이가 쉬는 날

돌아라, 지구야

돌아라, 지구야 네 손 잡고 어서 가자
물레는 돌려야 돌지만
지구는 돌리지 않아도
잘도 돌아가는 걸 그땐 왜 몰랐을까?
시간이란 세월 속 지구는 말없이
내 손 잡고 언제 여기까지
깜짝하면 내일이 오늘 되고
오늘이 어제 되네

긴 세월 행복도 불행도 눈물도 노래도
산천초목 올 때 너도나도 함께 울고
산새들 노래할 때 같이 불렀던 세월

나는 흙으로 돌아가도
너는 잘 살며 가겠지
나의 동행했던 수많은
나의 얘기들 잊은 채
또 다른 사람들의 긴긴
얘기를 들어주며
그 사람들 손을 잡고
묵묵히 돌아가겠지
돌아라, 지구야

구경

글쎄
중국으로 며느리 손녀 손자들
앞세우고 아들 있는 중국
초대받고 구경 가신다네
아들이 보고 싶어
설레는 마음
반가워 울며 만나고
구경하여 두고 갈 아들 생각
자식 두고 오는 여행은 가지 않으리
집에 와서 몇 날 며칠 동안 울었다네
그 맘 잘 아는 나

옛날 딸과 손녀사위 모두 두고
언제 또 만날지 모르며
하와이 공항에서 목이 메어
그냥 떠나온 나
언니 맘
그때 내 맘과도 같으리라
새롭게 목이 메인다

생명수와 추억

내 마음속에 아름다운 추억이 있는 한
예쁜 추억의 그릇에 무한정
퍼 담으리니 나의 생명수
나의 절친했던 친구들과
웃으며 마시리 서로의 옛 추억의
그릇을 들고 짠짠 부딪히며
추억의 노래도 불러보며
아름다운 추억의 그릇
마음껏 웃으며 삼켜 보리라
절친한 친구들의 평안을 물어보며
추억 속으로 들어 가리라
함께 푹 빠져 보리라
친구들의 추억의 그릇에
나의 행복의 생명수도
나의 추억의 그릇에서 나누어 담으며
무한정 행복하리
추억을 삼킬 줄 아는
노년의 인물들이지만
웃으며 그때 그 향기를 끄집어내어서
네 거 내 거 마구 섞어
행복의 수치를 높여 보리
옛 추억에 젖은 날

복된 땅

아름다운 금수강산 대한민국
사계절이 있는 하나님이 주신
복된 땅 아침의 나라 대한민국
더럽고 추악한 인분을 밟은
인간들이 우리 국민들을
더러운 발로 밟으려 하냐
이 복된 땅을
망가뜨리려 하나?
오늘도 자연은 하나님의
섭리를 어기지 않고
자기들의 본분을 잘 지키거늘
하물며 들풀까지
저희들의 분수를 알거니
사람이 이렇게
오~ 하나님 그래도
그들을 불쌍히 여기소서
회개하게 하소서
진정으로 돌아설 수 있는
기회를 주소서 이 땅 이 나라가
어떤 나라인지 깨닫게 하소서
하나님이 사랑하시고
아껴주신 나라를
복된 땅이란 걸 알게 하소서

모두의 옹달샘

오늘도 변함없는
모두의 옹달샘
가파른 산길 옆 옹달샘
다람쥐 세수하며
손 비비고 섰네

이른 새벽
조그마한 바가지의 배려
나도 한 바가지 떠서 삼켜본다
감사한 마음
바가지의 주인공에게

오늘도 즐겨 찾는
변함없는 길옆 옹달샘
꼬리 치켜세우고
손 씻고 달아나는
귀여운 다람쥐
모두의 옹달샘

온정의 양탄자

오늘도 겨울이란 계절 속에
차디찬 바람붓 색칠을 한다
높은 산머리 위에 흰 모자 씌우고
우리 집 마당 잔디밭
하얀 양탄자를 깔아주며

세상을 온통 새하얀 색칠
소나무 위에는 하얀 목도리
그 겨울 쌩쌩
바람 붙잡고 색칠한다
오늘도 쉬지 않는 붓
계절마다 바람붓 예쁘게 색칠한다

나도 그림붓 위 인생을 맡겼다
오늘도 예쁘게 신이 그리는
그림 위에 내가 서 있다
곱게 물들어가리라

배신

언니와 통화 중
야옹야옹 고양이 소리
언니가 말하네
들고양이 밥을 주니
밥 달라고 조르는 소리라네

짐승들도 밥 주고 귀여워하던
좋아하는 사람을 알아보는데
하늘로 머리를 둔 사람이
사람을 몰라보니 어떻게 하면 좋아

기막힌 사연 안고 홀로서기
인간들의 배신이 제일
복장 터지는 일인가 보내요
배신당한 사람들 눈물도 안 난다네요

어이 하리
허무한 인생들이여
배신 없는 하나님 의지하지
사람 의지하면 늘 상처
너털웃음 한 번 그냥 삽시다

믿음의 향

새벽 두 시
간밤 나의 시들이 향로의
향처럼 솔솔 피어올라
내가 아끼는 자식들이
향내 피우며 하늘의 상달
성경의 계시록의 말씀처럼
성도의 기도는 향로의 향과 같아서
하늘에 상달 된다 했는데
그러면 얼마나 좋을까
믿어야지
믿음의 향이 되리라
오직 모든 시들이
믿음의 씨앗의 향이 되라
믿음의 향

꽃동산

오늘은 하늘이
너무 예쁜 가을 하늘에
예쁜 꽃구름

방에 누워
창밖 하늘을 보니
목련화가
밤에는 별꽃
낮에는 구름꽃

우리 마음에는 사랑의 꽃
천국의 꽃 피우리
신의 섭리와
환하게 웃는 밝은 꽃
모두 꽃동산

지구의 명의

고장 난 지구
모두가 버린 쓰레기
고장 났다 지구가
모두가 의사들인데
병원이 없구나
지구가 열병으로
토하고 싸고 상해 가는데
모두가 의사인데
병원이 없어 입원도 못하고
아파 죽어 가고 있는데
의사들은 모른 채
전염병을 마구 쏟아놓네
지구의 주인이 진노하실라
우리 모두 명의가 되자
병원이 없어도 명의가 되자
고장 난 지구, 아파하는 지구
우리 모두 고칠 수 있는
명의가 되자
지구를 고치는 지구의 명의

애간장

쏟아지는 빗줄기
갈라진 땅속 스며들어
한 덩이 되면 좋으련만
애간장
그 빗줄기 너무 세서
그냥 강으로 흘러가네

개, 돼지, 다 떠내려가네
허망한 소망이어라
희망이어라

빗소리 듣고 있는지
한 덩이 되길 원하는
빗줄기 소리 듣고
바라보는 눈들은
애간장 다 녹아내리네
애간장이

봄 마중

온유한 그대
늘~
기대되는 그대
따뜻하고 온유한 성품
아니면 겨울이
몰아낼 강한 성품
온유 당신이 이길까
둘이서 싸움
봄바람 일어나네
잠자던 땅
놀라서 깨어나네
여민 옷깃 풀어헤치며
이 봄엔 어떤 옷차림
몸단장하네
왔구나, 그대들이
봄 마중 가네

계절의 신사

그대 가까이 오는 소리
만나기 부끄러워
붉어진 얼굴
안절부절못하여
이 마음 흔들리네

부끄러워하는 날
구경들 오네
곱다고 야단들이네
부끄러워 고개 숙인 날
몰라보고 그냥 휙 지나가네

눈물 뚝뚝 흘리며
내 몸 갈무리

흰 모자 쓰고 오려나
살며시 문을 닫는다
빨리 지나친 가을
늘 기다리게 하는
바람 타고 오는
계절의 신사 그대

야밤 톡

야심한 밤 톡
실례도 모르는 사람들
술잔을 기울이다
단체 톡 보내는 사람

대책 없는 위인
아무리 걱정이 된다고
이런 실례
허무한 인생살이일지라도
정신 차리고 살자

톡 가족들 깜짝깜짝
톡 소리에 잠 깨는 소리
심장 무너지는 소리
기쁜 톡 일지라도 벼룩
야밤 톡

가을의 소리

찬 서리에 놀란 노란 국화
그래도 웃어보는 국화
훨훨 춤추는 가을이
온 여름 태양이와
속삭이던 대추
가을이에게 들켜서
붉어진 조그만 얼굴
밤송이 까르르르
웃음 떨어지는 소리
짓궂은 바람이 놀라며
달아나는 소리
파랗던 은행잎 노랗게 변하여
자식들과 함께 우수수
통지표 점수
깨 떠는 소리
모두가 행복하여라
가을의 소리

제5부

영원한 감사

영원한 감사

오늘도 하늘에 감사
영혼의 맑은 눈과
뜨거운 심장을 주심에 감사
해맑은 눈빛 천지를 살펴본다
육신의 눈으로 하늘은
내가 볼 수 있는 만큼
땅도 보이는 만큼
영혼의 눈으로 보는 세계
내 육신이 모자라는 그 세계
이렇게 아름다운 세상
아니 이름 모를 황금꽃길
보석처럼 빛나는 지붕들
행복에 젖어본다
하늘에 꽃구름 마음대로
솜사탕처럼 만들 수 있고
오~ 여기서 영원히 살 수 있다면
이 세계를 본 사람들
말로 글로 표현할 수 없는
무언의 세상 너도 나도 살고파 욕심내겠지
그래서 하늘은 공평한 거야
볼 수 있는 영들만의 세계를 주심
감사 또 감사 영원한 감사

배웅과 마중 이별

처음 가보는 세계
그분을 위하여
모두 배웅할 준비
그분이 길 모를까 봐
마중 나온다는데
오늘도 그분이 가다가
돌아왔다
마중 온다는 이
아직 못 만났나
이 삼일 들락날락
이제 만났는지
웃음으로 우리와 이별
마중 나온 천군 천사
손잡고 기쁘게 가나 봐
배웅하는 우리에게
웃는 얼굴 보이네
우린 이별의 아쉬움 소리
배웅과 마중 이별

인생길

세월 따라 걸어온 길
추억의 길
혼자서 걸어온 외로운 길
자갈길도
평탄한 길 찾기 위해
달려온 길

고불고불 험산 준령의 길
숨차도록 달려온 길
이제 막바지에 이르러
해 저물어 이른 길
석양빛 노을길
뜬구름은 한없이 흘러가건만

내 인생길 구름은
바람에 쫓겨
석양빛 노을길
행여 그 옛날 그 구름 찾음
노을빛 구름 길 되었노라
답하여 주소

사랑이 자녀들 이름

사랑의 사랑을 더하면 다산
행복과 기쁨이를 많이 낳는
사람이 자녀들의 이름

사랑이는 희망도 낳고
기쁨이 행복이 소망이
믿음이 충만이 즐거움

아름다운 세상
밝은 세상 깨끗한 세상
사랑 많은 세상~
사랑이 자녀들의 이름

사랑하는 엄마가

정말로 오늘밤
글이가 집을 구한다네
글이 시집을 낸다네
글아, 부디 사랑받는
글이 되길 기도한다
늘 영원토록 너의 사랑
담는 시집이 되길 원하네
나의 사랑하는 글
내 마음을 다 읽어내는 너
내 평생 소원이 이 땅에선
너와 함께 하는 거야
글이를 사랑하는 엄마

소망

밤새도록 물어본다
반짝이는 별빛에게
어떻게 하면 남들에게
예쁜 빛을 줄 수 있을까

숨겨진 가시 때문에
사랑도 많이 못 주네

믿음의 부자가 되면
사랑도 믿음도
샘물 솟듯 솟아나서
목마른 사람들께
마구 퍼주었음
나의 소망이어라

돌담 속 귀뚜리

풍년이라서
노래인 줄 알았는데
울고 있었네

돌담 속 귀뚜라미
찬바람 서러워
노래 아닌 울음을

머물 땅 없는 설움
귀뚜라미 신세타령
돌담 속 귀뚜라미
귀뚤귀뚤 귀뚜리

별빛

대화
오늘밤 태풍이도 지나갔고
고요한 하늘과 소곤소곤
별님아 너 어찌하여 그렇게
반짝반짝 빛나니?
나도 몰래 모두들 밤만 되면
날 보고 반짝인다네
별아 넌 조그마해도
너무 아름답고 예뻐
나도 내 마음에 빛이 있다면
남들에게 예쁜 빛이 있다면
남들에게 예쁜 빛을 줄 수 있다면
얼마나 좋을까
자신을 돌아보는 밤이었네
별빛처럼 아름다운 빛
별빛이 각자 색깔이 다른
빛들의 세계 별빛

주인

오늘따라 웬 벌레 소리
가을이 깊어가는 소릴까
어느 사이에 뜬금없이
나도 가을중턱에 다다랐네

가을 저 빛이다 할 때까지
내 영혼 추수할 준비를 해야지
그가 오실 때 한 아름 안겨드리오리다

예쁜 선물 받으시고
머리 쓰다듬고 웃어주시옵소서
예쁜 마음이라고 칭찬해 주옵소서

영혼의 주인이시여
감사 찬양 드립니다
저기 노래하는 풀벌레와 함께

오늘도 내일도 오실 그대 기다리며
그대 향한 일편단심
어서 오시옵소서 찬양 드리옵니다

얘기 그릇

먼 훗날 우리는 무슨 얘기들을
후대에 남겨둘까
내가 두고 갈 얘기
글쎄

아름다운 얘기
즐거웠던 얘기
행복한 얘기
아무리 좋은 이야기 남겨둔들

그네들이 담아둘 어떤 그릇
모두들 담아둘 항아리
그들의 마음의 그릇
토기장이 하나님 마음의 그릇

후대들의 그릇이려니
금그릇 은그릇 토기 그릇
그릇 속에 담아둘 우리들 얘기
이제는 모두의 얘기 그릇
좋은 얘기 남기고 갈까?

추억

지나간 세월을 추억이라네
세월 속 묻어둔 옛이야기들
모두 묻어둔 추억의 뒤안길
감수성 예민할 때
나뭇잎 한 잎 두 잎 떨어지면
눈물 한 잎 두 잎

이젠 곱게 접어둘 추억의 잎새
어느 책장 잎 소에 넣어둘까
접고 접어 갈무리할 책갈피
너 나 모두 남겨둔 추억
세월 속 깊이 그리운 추억들

생각하기 싫은 추억도 있을 터
오늘은 모두 끄집어내어
먼지털이 새롭게 차곡차곡 챙겨
추억의 책갈피에
뒤안길 쓸어가며 갈무리 추억

삶의 소설

나는 소설을 쓴다
오늘도

한 줄도 없는 나의 삶의 소설

매일 매일 이웃들과의 대화
모르는 사람들과의 대화
버스 안의 대화

삶의 소설을 밤늦도록
연속극 같은 소설이
뇌 속의 그림도 그리며
그림 같은 소설

오늘도 쓴다
한 줄도 없는 소설
지금도 쓰고 있다

바다는

얼마나 깊을까?
얼마나 넓을까?
얼마나 클까?
그 많은 물고기 다 품고

정말 어머니 품속 같아
자식들의 오만 걱정 근심
다 품고 해결하시는 부모님

얼마나 짤까?
그 짠 가슴 얼마나 아릴까
바다는 …
부모님들의 가슴이어라

짚단 썰매

펑펑 흰 눈이 앞산 묘
뒤덮었네
짚단 들고 살금살금

친구들 와글와글
모두 모여 짚단 썰매
엉덩이가 푹신

신나는 내리막 눈길
씽씽 입김이 호~호~
축축이 젖은 짚단 썰매
내 엉덩이 옷도 축축

짚 한단 너무 즐거웠던 썰매

불효녀

나는 죽는다 하신 아버지
동화 속
'늑대가 왔어요'라고 외친 소년처럼
그러나 늘 하신 말씀

가신다 하신 아버지
정말 가실 줄 몰랐네

계실 때 잘하란 뜻이었음
가신 뒤에 깨닫는 불효녀
떠나신 뒤 가슴 치네

아무리 잘하는 척했어도
역시 효는 척이었네
나는 불효녀

징검다리 사과

제가 잘못했습니다
사과 모르는 사람들은
사과하는 사람이 정말 잘못해서
사과하는 줄 알고 있다
모두를 편안하게 할 수 있기에
자존심 없는 사람 없다
진실로 자기의 자존심을 지킬 줄
아는 자가 사과의 법도 아는 자
아무런 죄도 없이 사과하면
미안한 사람이 분명 있을 텐데
시끄러운 다툼이 싫어서
먼저 사과했는데
정말 사과해야 할 사람은 묵무부답
알고 그러는지 모르고 그러는지
사과는 잘한다
어처구니없는 제삼자 답
제일 먼저 배워야 할 점 사과
사과 후에는 다툼이 없기에
그것도 한계가 있을 듯
사과 잘하는 자가 화가 나면

그때는 못 말린다는 걸
미안합니다
잘못했습니다
사과부터 배우자
사과는 자신을 지킬 수 있는
징검다리
물살이 휘몰아칠 때
건널 수 있는 징검다리

약속

한창 뽐내던 꽃밭
찬바람에 기운 빠진 나이든 꽃잎
한낮의 태양도 바라만 보네

꽃잎들은 안타까운 계절
스산하게 불어오는 찬 바람
봉선화는 노란 잎 벌리며
씨앗을 토해내며 내년 봄
약속하자며 부탁하네

나도 씨앗 갈무리 명찰 붙인 봉투
이름 모른 씨앗은 명찰 모름이로
그래 미안한 생각이 드네
꽃집 가서 사진 한 판 찍어 보내주며
이름 물어봐야겠다

꽃잎 꽃씨 갈무리하는 날
내년 봄 다시 보자
약속하는 날

감사드립니다

하나님 고맙습니다
저희들에게 아무 대가 없이
공급해주신 공기
더울 때 시원한 바람과
때에 따라 아름다운 계절을 주시고
사랑으로 주신 것이 얼마나 많은지 셀 수 없지만
그냥 지나치고 감사하지 못한
저의 잘못 다 씻어주시고
빗물로 더러운 공기 정화하시고
사람의 힘으로 정화하려면
생각만 해도 아찔합니다
은혜로우신 하나님
아버지 잃고 서러울 때 하나님을
나의 아버지라 부를 수 있어
감사했고 형제자매 곁에 없을 때
믿는 형제자매 있어 좋습니다
아버지 하나님 감사합니다
피곤한 몸 자동으로
쉬게 할 수 있게 밤을 주시고
부지런히 일할 수 있는
밝은 태양을 주심을
배불리 먹는 기쁨 주심 감사합니다
저에게 주신 오늘 이 시간도 감사합니다
늘 감사하며 살겠습니다.

한마디 감사

오늘도 말없이 무거운 날
너의 조그마한 곳에 나를 싣고
가자는 대로 걸음을 옮겨주는
한마디로 감사하구나

운동화 구두 샌들 모두 너는 참 고맙구나
너의 몸 다 닳아 너덜너덜해도
아프다고 말 없는 너를
내가 아프다 불만만 말하는구나

말 많은 이 세상 너의 성은
양씨 이름은 말 그래서 양말
너도 고맙구나
추울 때 따뜻하게
거친 발 부끄럽지 않게 갈무리

말없이 소문 없이 갈무리 해주는
흉허물 많은 발 덮어주는 널
오늘에야 감사하는구나
세상에 감사할 것 너무 많아
그냥 한 마디 감사

만남 그리고 이별

제 칠일
하나님의 완전수
내가 제일 좋아하는 숫자
칠일

내가 좋아하는 그 날
그 사람을 만났네
초행길
그님께 마중 나오시라 요청

만났다 반가웠다
찰칵찰칵 찰칵 세판
남겨둘 사진
둘이 타고 걷고 짧은 하룻길
다음을 기약하고 이별

다음에 길 못 찾을까
못내 걱정하며 했던 얘기
또 하고 또 하며
만남 그리고 이별

동장군

백마 타고 온다네 장군님이
하얀 양탄자 잔디 마당에 펴고
동장군이 날 기다리고 섰네
창문을 흔드는 소리

빠끔히 문을 열고 내다보니
정말 하얀 양탄자 깔아놓고
기다리고 서서 창문 두드리네
나는 문 콕 닫고 이불 속
쏙~ 숨어버렸네

아무리 불러도 동장군은 싫어
금장군도 은장군도 아닌
동장군 나는 싫어
장군이란 소리에 벌벌 떨며
꼭꼭 숨어버린 나

둘이서 걷는 길

텅 빈 들판을 오늘도 다들
쓸쓸한 들판이라 한다
그러나 난 왠지 행복해 보였다
그 더위에 책임지고
알곡을 만들어 내고
제 무거운 짐 내려놓고 편안한 한숨

내년을 위한 준비 겨울준비
부모님 마음 같은 넓은 들
모두 잘 키워 시집 보내고
편안한 들판이어라
나도 푸근한 행복

코스모스 춤을 추며 웃는 길
이내 마음도 춤을 추며 걷는 길
우린 둘이서 들길을 걸어 본다
두런두런 행복의 얘기
건강을 위한 즐겁게 가는 길
행복의 들길 둘이서 걷는 길

따스한 사랑

제아무리 힘센 장군이라도
가녀리고 따뜻한 봄 아가씨 보고
그만 그냥 녹아버리네

장군인들 방긋이 웃음 주는
봄 아가씨 어떻게 이겨
따스한 마음씨로
잎도 꽃도 전부 길러내네

온 세상은 봄 아가씨 세상
힘으로는 이길 수 없는
따스한 정이려나
사랑이려나
불같이 뜨거운 사랑 아닌
따스한 사랑

이별의 가을

이 가을
빨간 고추잠자리
코스모스 꽃잎에 앉아
속삭이며 이별의 입맞춤
즐거웠다. 마지막 이별의 춤

찬바람에 언제 숨어버린
매미 소리
강가에 밤이 되면 러닝 속
반짝반짝 액세서리 개똥벌레
낮이면 물잠자리

가을 높은 하늘 위 은하수
강가에 반짝이는 별
아닌 개똥벌레 반딧불이
술 취한 곤드레 나물꽃
홀씨 되어 제 갈 길 가버렸네
모두 가버린 가을

마음의 눈

누구를 원망하랴
거친 세파도
나 자신일 거다

암흑 같은 세상은 모두
자신들이 만든 것이다
제발 정신 차리고

이 암울한 세파를
헤쳐나갈 수 있는 지혜를
남을 원망도 말고

조용히 감은 눈 뜨고
자세히 들여다볼 수 있는
눈이 되길 나 자신에게
마음의 눈을

나의 꿈

인생이 화려했던 것 석양빛이 아름다운 것
해가 저물어야 알고 깨닫는 삶
나의 인생 행복했다는 것은
내가 여물어져 가니 알겠네
길 걷다 여러 모양의 낯선 사람 만나듯
하루에도 몇 번씩 기후가 다르듯
우리네 삶도 여러 형태로 모두 다른 삶
그 모진 세파 속에 여물어진 나의 삶
아름다운 석양빛이어라
행복의 도가니 속이어라
문학적 소녀 시절 꿈꿔왔던 그 꿈을 이루고 있다
삶의 석양빛 아래서 해 넘어가면
어둠만 깔리는 건 아니다
빛나는 별들도 있고 때론 달빛도 있네
석양빛이 아름다운 건 자신이 여물어졌기에
곧 휘영청 밝은 달빛이 떠오르겠지
나의 삶은 어두운 밤 달빛 길 잃었을 때
길 찾아주는 북두칠성 별빛이어라
다 이루었다 나의 꿈

시밥을 짓는 열정, 글밭을 가꾸는 청춘

– 이정희 시집 『문인들의 밥솥(1),(2)』

최 봉 희(시조시인, 평론가, 글벗 편집주간)

나이가 든다는 것은 무엇일까? 신체적으로 늙는다는 의미보다는 무엇인가를 더 쌓았다는 의미가 아닐까. 삶의 질곡을 지나는 동안 그 안에는 수많은 이야기가 쌓이고 지혜가 자란다. 젊음과 패기로 지내던 젊은 시절을 되돌아보면 사랑과 고백으로 사는 삶은 시간이 오래 걸렸다. 그 때문에 어르신들이 가슴에 품고 있는 오래된 것의 소중함, 그 아름다움은 하루아침에 이루어진 것은 결코 아니다. 악기 중에 바이올린의 경우, 오래될수록 깊고 좋은 소리를 내지 않았던가.

소담 이정희 시인은 인생의 막바지에 진실이 담긴 자신의 이야기를 열정적으로 시를 쓰고 삶을 노래하고 있다.

이정희 시인은 글을 쓰고 시를 쓰는 작업을 멈추지 않는다. 매일 매일 시 한 편을 쓰고 있다. 시인은 이를 하나님이 자신에게 내린 축복으로 알고 감사의 마음으로 시를 열정적으로 쓰고 있다.

시인은 날마다 시를 쓰면서 자신과 만나는 여러 글벗과 글 나눔을 통해 감사의 마음을 표현한다. 글을 쓰다가 시인으로 등단하고 이렇게 시집을 4권까지 냈으나 자신은 참 축복을 받은 삶이다. 어쩌면 그는 진정한 삶의 행복으로 감사하게 생각한다.

시인은 무지한 글을 쓴다면서 겸손한 태도로 일관한다. 더 많이 배우고 더 열심히 글을 쓰고자 노력한다. 오늘도 끊임없이 자신의 삶을 시로 고백하면서 감사하는 글을 열심히 쓰고 있다.

그 때문일까? 이정희 시인은 기회가 있을 때마다 처음 출간한 시집이 너무 부끄럽다면서 새롭게 개정판으로 출간하기를 소망했다. 그도 그럴 것이 처음 출간한 시집에 더 애착이 들고 더 잘 쓰고 다듬었으면 하는 마음이 강했으리라. 이에 필자는 흔쾌히 함께 글 나눔을 즐겼다. 아니 그의 삶을 배우게 되었고 존경의 마음이 앞섰다. 소담 이정희 시인은 사색이 넘치고 흥이 있고 나눔이 있었다.

생각이 순수하고 맑을수록 우리의 영혼은 자유롭고 평화롭다고 하지 않았던가. 있는 그대로를 받아주고 마음에 숨김이 없을 때 우리 영혼은 기뻐서 노래를 부르게 마련이다.

소담 이정희 시인은 그런 분이었다. 살다 보면 누구나 슬픔과 아픔을 겪게 마련이다. 그때는 그 슬픔이 너무나 크고 강하게 보인다. 삶을 통째로 삼킬 것 같은 느낌이리라. 하지만 삶의 강물이 바위를 넘어 유유히 흘러가듯이 슬픔도 아픔을 넘어 흘러간다. 무엇보다도 삶은 기쁨과 슬픔, 사랑과 괴로움, 절망과 희망을 알고 흐른다. 그 때문에 인생은 소중하고 아름답다.

그러면서도 시인은 하늘의 축복으로 이렇게 쓸 수 있는 지혜를 주신 하나님께 늘 감사하면서 더 새롭고 더 좋은 글을 쓸 수 있는 지혜를 간구하는 것이다.

이정희 시인은 황혼의 석양빛처럼 찾아온 하늘의 은혜에 감사하면서 그분께서 자신에게 주신 힘찬 날개를 활짝 펼치고자 한다. 그래서 시인은 오늘도 시의 밥솥에 열심히 군불을 지피고 있다. 사랑의 시밥을 정성껏 짓고 있다.

첫 시집 『문인들의 밥솥』의 머리말에 올린 시에 그의 마음이 온전히 담겨 있다.

　　　물레야 너랑 나랑 실을 뽑자
　　　목화를 활에 타서
　　　수수 줄기 곧은 걸로
　　　목화 댕기 떡국 가래 만들어
　　　물레 돌려 시실을 뽑자
　　　누에고치 실을 뽑아
　　　돌 곁 위에 걸어서
　　　꾸리실 만들어 옷도 깁고
　　　예쁜 색실 만들어 햇대 보수를 놓자
　　　시상을 떠올려
　　　그대 베갯잇에 수를 놓아
　　　곱게 곱게 접어두리
　　　방석에도 수를 놓아
　　　예쁜 꽃방석 깔아주리
　　　실타래 몇몇 꾸리 만들어

책장 속 갈무리
시어를 꿰맬 거야
책 한 권 다 묶었네
뽑은 실꾸리 실
시집 속에 챙겨두자
- 시집 「개정판을 내면서」 중에서

 이정희 시인은 시를 쓰는 기본에 충실하면서 열심히 배우
고 열정으로 접근한다. 그의 삶은 진실이라면 열정적인 글
쓰기를 통해서 그는 삶을 즐길 줄 안다.
 그러면 이정희 시인의 시적 특징은 무엇일까?
 첫째는 해학과 풍자가 담긴 시가 독자의 마음을 흔든다.
그 해학과 풍자는 언어의 유희를 통해 세상을 비판하기도
하지만 따뜻한 시선으로 바라보는 온화함도 존재한다.

무슨 당
글쎄~!
외우지도 못할 당
무슨 당이 이렇게 많아

국민은 몰라도
되는 당도 있고

머리 둔한 개, 돼지도
외우기 힘든 당

우리 마당이 최고여
– 시 「소리」 전문

 이정희 시인은 시를 쓰는 대단한 입담가다. 자칫 잘못 들
으면 그저 그런 이야기를 이렇게 태연하게 엮어내는 걸 보
면 더욱 그런 생각이 든다. 더구나 웃음이 절로 나오면서
도 통쾌하고도 즐겁다. 그것을 변주해 내는 능력이 있다.
 '소리'는 우리나라의 정치 현실을 비꼬는 시다. 시인이 이
시를 처음 보고 웃음도 나오면서 그저 후련했다. 그는 정
치 현실에 묻혀 있는 삶의 곡진함까지 통찰하고 맛깔스런
시로 탄생시켰다. 물론 이 시는 허구의 산물이다. 그러나
이런 정치 현실의 풍자에도 삶의 진실은 있는 것이다. 웃
으면서도 안타까운 우리들의 현실 이야기. 정치인들은 제
대로 정치를 하라는 의미로 들린다. 그런 상식을 초월해
버리는 역설은 시인 특유의 전유물이 아닐까 한다.

    태풍 타파가 왔다
    비랑 동행해서
    타파 우파 좌파 파는
    무슨 파든 몸서리 처진다
    옛날부터 당파싸움에
    우리나라는 피비린내
    왜?
    태풍 너마저 타파냐
    싫다. 파는 너도 파냐

- 시 「태풍 너도 파냐」 전문

좌파도
우파도 양파 같은 파
모두 못 믿을 파

우리 집 대파가 제일
- 시 「파」 전문

언어유희를 통해서 사회를 꼬집는 풍자, 그리고 그의 파격이 이 시의 매력이다. 좌파, 우파로 가르는 정치 현실 속에서 태풍으로 인한 서민들의 애환과 코로나19로 인한 팬데믹의 상황, 우리가 해야 할 일이 무엇인지 다시금 성찰하는 계기가 된다. 이를 시적 감동으로 끌어 올린 것이다.

둘째로 이정희 시인은 '청춘 시인'이라는 점이다. 시인은 늘 새로움을 갈망하면서 열정으로 살아가기 때문이리라. 나이가 들어도 새로움에 대한 기대를 버리지 않는다. 더 열심히 배우려고 하고 새로운 도전을 꿈꾼다. 그래서 시인은 언제나 젊은이다.

내 인생 흘러가도 나도 몰랐네
내 청춘 떠나가도 나는 몰랐네

그때 알았으면 붙잡아 볼걸

그때 알았으면 흘리지 말걸
이제 와 흘러간 인생 어떡하라고
구름 되어 흘러간 나의 인생

잡아보지도 못한 나의 청춘 어떡하라고
달아날 때 잡지 못한 나의 청춘
이제 와 후회한들 무슨 소용있나요
손잡이 하나쯤 만들어 둘걸

내 청춘 손잡이로 잡아나 보게
흘러간 내 청춘 잡아나 보게
때늦은 후회라도 해보려나요
잡을 수 없어 달아난 청춘
손잡이 없어서 못 잡은 청춘
그냥그냥 떠나보낸
나의 청춘 나의 인생
－ 시 「손잡이 없는 청춘(1)」

 지나간 젊은 시절을 안타까워하면서 청춘을 붙잡아 두고
싶은 소망을 표현하고 있다. 지난 삶을 흘러간 인생이라고
말하면서 '손잡이 없어서 못 잡은 청춘'이라고 규정한다.
 그런데 가만히 생각해 보면 이정희 시인에게 '손잡이'가
있었다. 바로 시를 사랑하고 글 쓰는 삶이 바로 '손잡이'가
아닐까?
 정확히 말하면 이정희 시인은 젊게 사는 분이시다. 무엇
보다도 어린아이가 되어 순수해지고 더 많이 궁금해하며

언제나 변화와 도전의 삶을 추구하고 있기 때문이다. 변하면 새로워지고 새로워지면 또 젊어지기 마련이다.

　　잉크를 품은 붓꽃
　　무슨 글 쓰라고
　　잉크도 챙겨서 피었나
　　너의 예쁜 모습 담을까

　　생각난다 붓꽃
　　옛날 2학년 초등생
　　꽃을 그리라는
　　미술시간 과제

　　붓꽃 너를 그린 초등생
　　분홍색 노란색 모두 있는데
　　이것이 무슨 꽃 색이냐?
　　많은 반 친구 앞에
　　고개 숙인 초등생

　　그때부터 그 학생은
　　그림을 잊었네

　　붓꽃 나는 지금도
　　널 못 잊어 사랑한다
　　잉크물 가지고 태어난 널
　　붓꽃 예쁜 붓꽃
　　- 시 「붓꽃」 전문

　나이가 들수록 생각의 수명은 짧다. 그 생각을 오래도록 담아두기 위해서는 그 일을 즉시 하는 것이 좋다. 바로 생각은 글쓰기로 마음을 담아내야 한다. 다시 말해서 글쓰기는 실천이다. 시인은 생각나는 대로 붓꽃을 글꽃으로 멋지게 꽃을 피우고 있다.

사실 멋진 생각은 삶을 행복하게 한다. 좋은 생각을 하는 것은 삶을 풍요롭게 한다. 짧은 글 하나라도 써보고 글벗과 친절한 말 한마디라도 건네고 싶은 마음, 따뜻한 웃음으로 문우의 정을 나누는 일을 소중하게 생각한다. 아무리 좋은 생각도 글로 쓰지 않으면 아무것도 아니기 때문이다.

이정희 시인은 글벗문학회 밴드에서 글벗들과 끊임없이 소통하고 자신의 생각을 글로 시로 남기고 있다. 그는 잠자는 시간 전까지도 문우들과 지속적으로 소통한다.

빌렸기에 주인이
돌려달라고 하면
말없이 주어야 하는걸
세상 이치 잘 알면서

누구나 할 것 없이
욕심내고 탐하는 소리

빈 몸으로 쫓겨날 세상
욕심부려 무엇 하나
큰소리쳐 무엇 하나

두고 갈 물건 짐만 되지
빌린 것은 훼손 말고

곱게 쓰다 두고 가자

사람들은 모르네
우리는 빈털터리
쉼 없이 탐하는 건
무슨 법칙이냐
모두 빌려 놓고
– 시 「빌린 세상」 전문

 고려말의 학자 이곡(李穀 : 1298~1351)의 「차마설(借馬說)」에 "人之所有(인지소유), 孰爲不借者(숙위불차자)."이란 말이 있다. 사람이 가지고 있는 것 중에, 남에게서 빌리지 않은 것이 무엇이겠는가. 집이 가난하여 말을 빌려 타다가 느낀 점을 얘기하면서, '빌린다'는데 초점을 두고 논의가 점점 확대된다. 마침내 '임금은 백성으로부터 힘을 빌려서 존귀하고 부유하게 되는 것'이라고까지 말한다. 임금의 권력이 백성으로부터 나온다는 말은 오늘날의 민주주의 개념과 다를 바 없다. 정치가가 권력을 '국민에게 잠시 빌린 것, 언젠가 돌려주어야 할 것'이라고 생각한다면 지금처럼 권력을 이용하여 횡포를 부리지 않을 것이다. 더불어 비리를 저지르는 일도 조금은 줄어들지 않을까? 이러한 논리는 금전에도 똑같이 적용될 듯하다. 내가 노력해서 모은 것이라지만, 그 과정에는 분명 많은 이들의 도움과 피땀, 눈물이 들어갔을 테니 말이다. 돈을 남들에게 잠시 빌린 것이라고 생각한다면, 비록 자기 돈일지라도 좀 더 값있게, 다른 사람이 아프지 않게 쓸 수 있지 않을까?

행복은 항상 우리를 기다린다. 하지만 우리가 행복을 찾아가지 못하는 이유는 욕심이 앞길을 방해하기 때문이다. 욕심에 어두운 눈은 앞을 보지 못한다. 지금 당장 땅바닥에 떨어진 황금 더미가 있는 것을 보지 못하고, 주머니에 집어넣기에만 급급하다. 급기야 주머니가 터진 것도 알지 못하고 오로지 쉼 없이 욕심을 내는 것이다. 시인은 모두가 빌린 것이라고 말한다.

우리는 대부분 과거에 있었던 일에 감사하곤 한다. 하지만 이러한 감사는 과거가 아니라 오히려 미래를 풍성하게 만들곤 한다. 감사는 어쩌다 찾아오는 일시적이고 개별적인 사건이 아니다. 어떤 일을 마무리할 때 찾아오는 감동만도 아니다.

이정희 시인의 시「복된 날」을 다시금 살펴보자.

　　복된 날
　　오늘이 나에게 가장 복된 날
　　오늘 없이 내일도 없는 날

　　감히 내일은 생각 말자
　　오늘로 만족하면 복된 날
　　나의 날로 만들 것이다

　　내일을 주시면
　　감사하는 날

복의 복된 날
복은 각자가 만들어 내는 것
복된 날
– 시 「복된 날」 전문

감사는 결과가 아니라 어쩌면 시작이라고 해야 한다. 감
사하는 순간, 눈이 열려 삶 자체를 귀하고 아름다운 선물
로 보게 되기 때문이다. 축복은 각자가 만들어 내는 것이
라고 말한다. 감히 내일은 생각하지 말자고 오늘을 축복의
날로 만들자고 반어적으로 말한다.

초롱초롱 빛나는 저별
누구의 것일까?
임은 아시겠지
먼 하늘 욕심내지 말자
이곳에서 보이는 건 모두
뜬구름인걸
별도 달도 모두 보는 것도
미안하여라
공기도 바람도 모든 것에
그냥 감사하자
잠시 머물다 가는 인생
깨끗하게 쓰다 잘 두고 가야지
그냥 감사하며 살자
감사가 복된 날

오늘이 나에게 가장 복된 날
오늘 없이 내일도 없는 날
감히 내일은 생각말자
오늘로 만족하며 복된 날
나의 날로 만들 것이다
– 시 「감사(1)」 전문

 사실 감사는 내일을 생각하는 말일 게다. 과거나 현재로
종결되는 것이 아닌, 미래를 바라보는 일기 때문이다. 감사
하는 순간 감사가 가득한 새로운 미래가 열리기 때문이다.

노을 덮인 뒤안길 돌아보니
그때는 힘겨운 추억
행복으로 알고 아름다운
젊은 추억
금강에 살으리랏다

아흔일세 되신 친정 할머님
하늘나라에 보내시고
팔순에 가신 친정 아버님 모시고
나의 보석 남매랑
잘 견디어 내며
편찮으신 시아버님 소대변 받으며
사돈인 부친과 함께
한방에 잠시나마 잘 섬겼으니 감사하고

늘 남들에게 웃으며 살았으니
남들은 하기 좋은 말 효부라
얼굴 부끄러운 말 들었네
그래도 나의 뒤안길은 삶의 행복이었고
젊은이의 행복이었네
- 시 「행복의 뒤안길」 전문

 자신의 삶을 성찰하면서 친정 할머니, 친정 아버님, 시아
버님을 모시고 살았던 추억을 더듬는다. 남들에게 웃으며
사는 삶, 효부라는 말을 들었던 칭찬의 시간이었다.

감사한 날
부족한 나
칭찬받는 날
감사한 날
내 눈에서
단비가 흘러내리네
장점을 말하는 자는
적이라 했고
단점을 말하는 자는
스승이라 했건만
귀가 좋은 소리
좋아하네요
아이구
그래도 칭찬
기분 좋은 날이네요

감사한 날
- 시 「감사(2)」 전문

그 칭찬의 말을 들은 그 삶은 행복이었다. 이를 젊은이의 행복이라고 말한다. 행복은 감사와 함께 나눔이 실천할 때 나타나는 것이 아닐까.

하얀 접시꽃 빈 접시에
눈부시게 파란 하늘
맑은 하늘 담을까

믿음, 소망, 사랑
속 듬뿍 넣은 송편
성령불로 쪄서

둥근 달 쟁반에
소복이 수북하게 담아서
진리로 이웃에게

접시꽃 접시에
기쁨, 행복 가득 담아

이웃과 나눔의 시간
사랑, 기쁨, 행복 충만
즐거운 추석
- 시 「즐거운 추석」 전문

무엇이든 시간이 지나면서 시들어가는 것만큼 안타까운 일은 없다. 특히 사랑이 식어갈 때 그 허전함과 공허한 아픔은 이루 다 말로 할 수 없다. 하지만 시인은 스스로 꽃이 되고 진리가 된다. 시의 안으로 들어가 노래하면 그의 시는 꽃의 노래가 된다. 시인이 별이 되어 반짝이면서 노래하면 별의 노래가 된다.

> 낙동강 물줄기도
> 한강 물도 한없이
> 흘러가는데
> 저 달 너머 별동네
> 은하수 강줄기는
> 흘러내릴까
>
> 울어도 울어도
> 흐르지 않는
> 눈물의 강줄기는
> 소리 없이 흐르는
> 심정의 강이어라
>
> 반짝반짝 빛나는
> 흐르지 않는
> 은하수 강물처럼
>
> 오늘도 흐르지 않는

눈물의 강줄기
저 멀리 멀어져가는
은하수 강처럼

그님의
심정의 강물이
멀어지길 빌며
메마른 눈물이여
내 속의 강줄기
쓸어내리며

이 강 저 강 다 모아도
그님의 심정의 강물
깊이만 하랴

임이여, 임이여
오늘밤 그 속에 흐르는 강
가두어 두시고

깊은 밤 곱게 곱게
단잠을 이루소서
그대 우리들의 임이여
– 시 「강」 전문

 앞에서도 언급했던 것처럼, 시인이 강이 되어 흐르면 그 노래는 강의 노래가 된다. 글을 쓴다는 것은 내가 그 사물이 되어 그것의 입으로 노래 부르는 것이리라. 그러면 그

안의 참 기쁨, 참 고통, 참 희망을 알 수 있는 법이다.

셋째로 소담 이정희 시인의 시에는 발견의 즐거움이 있다. 그래서 그의 삶은 멋지다. 끊임없이 새로운 것을 발견하는 기쁨이 있기 때문이다. 발견의 즐거움이 없다면 그의 인생은 지루할지도 모른다.

발견의 즐거움은 새로운 눈이 있어야 한다. 이미 자기가 소유하고 있는 것이라도 새롭게 볼 줄 알아야 한다. 그것은 시인의 능력이자 그가 지닌 축복이기도 하다.

시는 자신의 삶을 사랑하는 마음으로 써야 한다. 자신의 삶을 아끼고 다른 사람의 삶을 사랑하는 마음으로 시를 쓰면 좋은 시, 좋은 글을 쓸 수 있으리라. 그래서 시는 머리로 쓰면 안 된다. 가슴으로 써야 한다. 가슴으로 시를 쓰면 마음이 행복해진다. 왜냐하면, 내 사랑의 노력이 누군가 기쁘게 하기 때문이다. 우리 가슴에 스며들면 그때부터 일도 세상도 나도 다 즐거워지기 때문이다. 이것이 어쩌면 행복이 아닐까?

오늘도 변함 없는
모두의 옹달샘
가파른 산길 옆 옹달샘
다람쥐 세수하며
손 비비고 섰네

이른 새벽
조그마한 바가지의 배려
나도 한 바가지 떠서 삼켜본다
감사한 마음
바가지의 주인공에게

오늘도 즐겨 찾는
변함없는 길옆 옹달샘
꼬리 치켜세우고
손 씻고 달아나는
귀여운 다람쥐
모두의 옹달샘
– 시 「모두의 옹달샘」 전문

넷째로 이정희 시인 시적 특징은 '수미상관법'을 활용하고 있다는 것이다. 시가(詩歌)에서 첫 연과 끝 연이 서로 밀접한 관계를 맺으며 반복되는 구성법이 수미상관법(首尾相關法)이다. 첫 연을 끝 연에 되살리거나 비슷한 구절 문장을 다시 배치하는 것은 운율을 중시하는 것은 물론 의미를 강조하려는 표현수법의 하나다.

나의 새싹 손녀 진리
말썽 없이 잘 자란
예쁜 새싹 진리
심성 곧고 이름 그대로 진리

모든 행동 이름 욕을 먹을까
염려하며 길러낸 진리
나의 새싹 손녀
간호복 입고서 환자들
치료하는 새싹 손녀

언제나 아픈 마음 알아주는
새싹 손녀 진리

오늘도 환자들 사이사이
어디가 불편하신지
살펴보는 진리
예쁜 손녀 진리
— 시 「손녀 진리」 전문

'손녀 진리'는 7회나 반복되면서 수미상관법을 활용하여 음악적 효과를 살린다. 그리고 시의 균형을 통해 안정감을 얻는 기법이기도 하다. 그런 의미에서 이정희 시인의 시 형식은 독특한 형식에 주제를 분명하게 드러내는 장점도 있다.

오늘도 변함없는
모두의 옹달샘
가파른 산길 옆 옹달샘
다람쥐 세수하며
손 비비고 섰네

이른 새벽
조그마한 바가지의 배려
나도 한 바가지 떠서 삼켜본다
감사한 마음
바가지의 주인공에게

오늘도 즐겨 찾는
변함없는 길옆 옹달샘
꼬리 치켜세우고
손 씻고 달아나는
귀여운 다람쥐
모두의 옹달샘
– 시 「모두의 옹달샘」 전문

아이의 마음으로 쓴 동시「모두의 옹달샘」은 누구나 쉽게 읽고 밝게 읊조릴 수 있는 따뜻한 마음의 넘치는 시다. 역시 수미상관을 활용하여 그 의미와 주제를 더욱 선명하게 부각시킨다. 바로 이정희 시인의 지닌 시적 특징으로 시상을 더욱 밝게 맑게 해주는 시적 장치라고 할 수 있다.

이상과 같이 소담 이정희 시인의 문인들의 밥솥(1)권과 (2)에 나타난 시적 특징을 살펴보았다.

그의 시 세계와 특징을 다시금 요약하면 다음과 같다.

첫째, 해학과 풍자가 담긴 시어와 언어의 유희를 통해 세상을 비판하기도 하지만 따뜻한 시선으로 바라보는 온화한 시적 특성을 지닌다.

둘째, 이정희 시인은 청춘 시인이라고 말하고 싶다. 더 열심히 배우려고 하고 새로운 도전을 꿈꾼다. 그래서 시인은 언제나 젊은이다. 그의 시에는 '청춘'과 '젊음'의 정신이 담겨 있기 때문이다.

셋째, 이정희 시인의 시에는 발견의 즐거움이 있다. 시를 통해서 새로운 삶을 깨닫고 성찰하는 삶을 보여주고 있다. 그래서 그의 삶은 멋지고 훌륭하다. 끊임없이 새로운 것을 발견하는 기쁨을 시로 적고 있기 때문이다.

넷째, 이정희 시인의 시는 수미상관 기법을 활용하여 의미 강조는 물론, 시적 운율을 멋지게 형성하고 있다.

다시금 그의 열정적인 시 창작 활동과 따뜻한 감사와 축복으로 가득한 그의 시심을 응원한다.

■ 글벗시선132 이정희 두 번째 시집

문인들의 밥솥(2)

초판발행일 2019년 10월 31일
개정판발행일 2021년 5월 6일
지 은 이 이 정 희
펴 낸 이 한 주 희
펴 낸 곳 도서출판 글벗
출판등록 2007. 10. 29(제406-2007-100호)
주   소 경기도 파주시 와석순환로 16,(야당동)
         롯데캐슬파크타운 905동 1104호
홈페이지 http://guelbut.co.kr
E-mail juhee6305@hanmail.net
전화번호 031-957-1461
팩   스 031-957-7319
가   격 12,000원
I S B N 978-89-6533-175-9 04810

* 잘못된 책은 바꿔 드립니다.